A mí me gusta quedarme a dormir
en las casas de mis amigas
y estar despiertas hasta muy tarde.
(Ava)

A mí, cualquier fiesta de
cumpleaños,
¡siempre que no haya chicos!
(Harriet)

Las mejores son las fiestas
en las que hay juegos con música.
(Lex)

Mi padre nos llevó al cine
a mi mejor amigo y a mí
el año pasado.
Ese fue mi cumpleaños
favorito.
(Sammy)

Mi familia

Mi madre,
la condesa Cordelia
Moon

Bebé Flor de Miel

Cinco razones por las que te encantará Isadora Moon:

¡Conocerás a la vamp-tástica y encant-hadora Isadora!

Su peluche, Pinky, ¡ha cobrado vida por arte de magia!

¿Cuál es tu fiesta de cumpleaños favorita?

¡Tiene una familia muy loca!

Te hechizarán sus ilustraciones en rosa y negro

¿Cuál es tu fiesta de cumpleaños favorita?

En mi fiesta favorita había un montón de hula-hops y recorridos con obstáculos. (Frankie)

La mía era de piratas. ¡Fue genial! ¡Yo llevaba un loro! Aunque era de mentira. (Charlie)

Mi padre,
el conde Bartolomeo
Moon

¡Yo!
Isadora Moon

Pinky

¡Para los vampiros, hadas y humanos de todas partes!
Y para Georgina, mi hermana favorita.

Primera edición: abril de 2017
Sexta reimpresión: noviembre de 2017
Título original: *Isadora Moon Has a Birthday*

Publicado originalmente en inglés en 2016.
Edición en castellano publicada por acuerdo con Oxford University Press.
© 2016, Harriet Muncaster
© 2016, Harriet Muncaster, por las ilustraciones
© 2017, Penguin Random House Grupo Editorial, S.A.U.
Travessera de Gràcia, 47-49. 08021 Barcelona
© 2017, Vanesa Pérez-Sauquillo, por la traducción

Printed in Spain – Impreso en España

ISBN: 978-84-204-8583-6
Depósito legal: B-4.877-2017

Compuesto por Javier Barbado
Impreso en Limpergraf, Barberà del Vallès (Barcelona)

AL 8 5 8 3 6

Penguin
Random House
Grupo Editorial

ISADORA · MOON

celebra su cumpleaños

Harriet Muncaster

Traducción de Vanesa Pérez-Sauquillo

ALFAGUARA

Capítulo UNO

Isadora Moon: ¡esa soy yo! Y este es
Pinky. Era mi peluche favorito hasta que
mamá le dio vida con su varita mágica.
Viene conmigo a todas partes, ¡incluso
a las fiestas de cumpleaños!

Desde que empecé a ir al colegio he ido a un montón de fiestas de cumpleaños. ¡Fiestas de seres humanos! Son muy interesantes, y también muy diferentes a las que hacemos en casa. Antes de conocer a mis amigos humanos solo había ido a fiestas de vampiros o de hadas, porque mi mamá es un hada y mi papá un vampiro. ¡Sí, en serio!

¿Sabes en qué me convierte a mí eso? ¡En un hada vampiro!

Tengo un poco de las dos cosas. Antes no sabía bien dónde encajaba, pero entonces fui al colegio para humanos y descubrí que todo el mundo tiene algo que lo diferencia de los demás y que es mejor ser así: diferente.

Siempre me ha encantado ir a las fiestas de cumpleaños de mis amigos humanos. ¡Todas son diferentes! Tenía muchas ganas de que llegara mi cumple para poder hacer la mía.

—Cuando sea tu cumpleaños, espero que hagas una buena fiesta tradicional de vampiros —dijo papá.

—Hum… —murmuré.

No tenía claro que quisiera hacer una fiesta de vampiros. Podría asustar un poco a mis amigos. Una fiesta vampírica es siempre a media noche y tienes que ir elegantísimo y repeinado. Los vampiros son muy tiquismiquis con su aspecto físico. Les gusta hacer juegos de vuelo y salir disparados por el cielo a la velocidad del rayo. Mis alas no pueden ir tan rápido porque son más de aletear, como las alas de las hadas. A los vampiros también les gusta tener comida roja en sus fiestas y beber zumo rojo. Yo odio toda la comida roja.

—¿Y qué te parece una
fiesta de hadas tradicional? —sugirió
mamá—. ¡Sería maravilloso!

Recordé la fiesta de hadas que montó
mamá cuando cumplí cuatro años. Era una
fiesta de agua. A las hadas les encanta la
naturaleza, así que fuimos a bañarnos
a un arroyo en un bosque. Pasé mucho
frío, y había un montón de peces y algas
en el agua.

—¡Esto te llena de energía!
—exclamó mamá mientras saltaba al
agua con todas las hadas invitadas.

Yo me quedé allí de pie, temblando
en el agua. Pinky se quedó en una piedra.
No le gusta nada mojarse.

—Preferiría hacer una fiesta de humanos, como las de mis amigos del cole —les dije a mis padres con sinceridad—. Son mucho más divertidas.

—Imposible —repuso papá—. No hay nada más divertido que una fiesta de vampiros. ¡Piensa en esa riquísima comida roja!

—Yo creo que sería encantador hacer otra fiesta de agua —dijo mamá, soñadora—. Después podríamos encender una hoguera y hacer coronas de flores.

—Es que lo que de verdad quiero es una fiesta de humanos —insistí—. Por favor. ¡En sus fiestas hay un montón de cosas divertidas!

—¿Qué tipo de cosas divertidas?
—preguntó mamá, con desconfianza.

—Pues… en la fiesta de Zoe, la
semana pasada, teníamos que llevar ropa
rara. Lo llamaban «disfraz».

—Ya me extrañaba a mí que llevaras
aquellas orejas rosas de conejo —dijo papá.

—¡Iba disfrazada de Pinky! —le expliqué—. Y Pinky iba disfrazado de mí. Fue muy divertido. Había tarta y helados, y nos regalaron bolsas de cumpleaños y jugamos al paquete viajero.

—¿Al paquete qué? —preguntó mamá.

—¡Viajero! —respondí—. Va dando vueltas y vueltas por un corro y al final… ¡hay una sorpresa!

—¡Qué cosa más rara! —dijo mamá—. ¿Y qué es una bolsa de cumpleaños?

—Es una pequeña bolsa que le dan a los invitados al final de la fiesta —le expliqué—. Está llena de regalitos y también lleva un trozo de tarta envuelto en una servilleta de papel.

—No sabía que los humanos comían servilletas de papel —comentó papá.

—La semana anterior fue el cumpleaños de Oliver —continué—. En su fiesta había un castillo hinchable, y también un mago.

—Lo del mago suena bien —dijo mamá, animándose.

—Uno de mentira —añadí rápidamente—. No hace magia de verdad como la que haces tú con tu varita.

Mamá parecía bastante desconcertada.

—¿Por qué no? —preguntó.

Me encogí de hombros.

—Es lo que hacen en las fiestas de los humanos.

—Todo esto me parece muy peculiar —dijo papá.

—De verdad, me encantaría tener una fiesta como las de los humanos —dije, poniendo la más angelical de mis sonrisas.

Mamá y papá suspiraron.

—Bueno… pues entonces de acuerdo —dijo mamá.

—Supongo que podríamos intentar hacer una fiesta de cumpleaños humana este año —accedió papá.

Pinky y yo nos pusimos a dar saltos de alegría.

—¡Gracias! ¡Gracias! —grité. Pinky no puede gritar, pero sacudió contento las patas en el aire.

Cuando llegó el momento de empezar a preparar mi fiesta de cumpleaños, mamá y papá parecían muy organizados.

—Déjanoslo a nosotros —dijeron—. No necesitamos ayuda.

—¿Estáis seguros de que sabéis lo que hacéis? —pregunté nerviosa.

—¡Oh, sí! —dijo papá—. Hemos anotado todas las ideas: paquete viajero, mago, tarta, globos, regalos, castillo hinchable, disfraces, bolsas de cumpleaños…

—¡Va a ser la mejor fiesta de cumpleaños del mundo! —dijo mamá.

—Hay que hacer las invitaciones —les dije—. ¡No os olvidéis de ellas!

Papá frunció el ceño y se rascó la cabeza. Después escribió «invitaciones» al final de la lista.

★ ★ ★

Al día siguiente en el colegio estábamos en clase de matemáticas cuando de pronto llegó de afuera un ruido muy fuerte de batir de alas.

—¡Cielo santo! Pero ¿qué es eso? —dijo la señorita Guinda, corriendo hacia la ventana.

Una bandada de sobres con alitas
de murciélago revoloteaba en el aire
y empezó a golpear las ventanas
intentando entrar.

—¡Dios mío! —gritó la señorita
Guinda.

Sentí que me ponía roja de vergüenza.

—¡Que entren! —gritó Oliver—.
¡Vamos a ver qué son!

—¡No, por favor! —gimió la tímida
Samantha, escondiéndose bajo el pupitre.

Los sobres siguieron golpeando sus
alas contra el cristal hasta que uno de ellos
encontró una ventana abierta. Hizo una
seña a los demás. Entonces entraron todos
volando, aleteando y revoloteando, y

fueron aterrizando uno
a uno en las mesas de mis
amigos.

—¡Es una invitación! —gritó Oliver,
después de rasgar su sobre y abrirlo.

—¡Una fiesta de cumpleaños! —chilló
Zoe—. ¡En la casa de Isadora!

—¡Es de disfraces! —gritó alguien
más—. ¡Me encantan los disfraces!

Todos los niños hablaban entre sí,
entusiasmados, pero la señorita Guinda no
parecía demasiado contenta. Ya recuperada
del susto, estaba un poquitín molesta.

—Isadora —me dijo—, no se debe
montar una escenita así en mitad de una
clase.

Me hundí en la silla, deseando
desaparecer.

—Lo siento —susurré.

QUERIDO: Oliver

¡Isadora Moon te invita
a su Fiesta de Cumpleaños!

CUÁNDO: Este sábado

DÓNDE: En la gran casa
rosa y negra

HORA: De 10:00 a 15:00

Se ruega confirmar asistencia

PD: ¡Por favor, ven disfrazado!

Cuando volví a casa esa tarde, mamá y papá estaban ocupados haciendo los adornos de la fiesta.

—Me habéis metido en un lío en el colegio al enviar esas invitaciones de murciélago —les dije.

Papá parecía sorprendido.

—Pero si eran maravillosas —repuso—. ¿Te fijaste en que hice mi mejor caligrafía?

—¿Les gustaron a tus amigos? —preguntó mamá.

—Pues… sí —respondí—. Pero no eran invitaciones humanas adecuadas, ya sabes a qué me refiero.

—¿Ah, no? —preguntó mamá.

—¡No! —dije—. Las invitaciones humanas las entregas tú mismo. No tienen alas.

—Qué aburrido —murmuró papá mientras pegaba estrellas en una pancarta de «FELIZ CUMPLEAÑOS».

—¿Estáis preparando una fiesta de cumpleaños DE SERES HUMANOS, verdad? —pregunté preocupada.

—Sí —respondió papá—. No te preocupes, Isadora. Lo tenemos todo controlado —le dio una palmadita a su

lista de ideas—. Estamos siguiendo
exactamente tus instrucciones.

Volví a echar un vistazo a la lista.
«Paquete viajero, mago, tarta, globos,
regalos, castillo hinchable, disfraces, bolsas
de cumpleaños, invitaciones». Estas
últimas ya las podían tachar.

—Vale —dije, aliviada de nuevo—.
Pero que sepáis que no tenéis que incluir
todas las cosas en la fiesta. La mayoría de las
fiestas de los humanos tienen solo una o dos.

—Claro que sí —dijo papá, distraído.

Me preparé un sándwich y me
encaminé, escaleras arriba, a mi
dormitorio en la torre.

Capítulo DOS

La mañana de mi cumpleaños me desperté temprano, muy contenta. Afuera, el sol brillaba y cantaban los pájaros. Desperté a Pinky dándole toquecitos con el dedo.

—¡Ha llegado el gran día! —le dije.

Salí de la cama de un salto y bajamos volando juntos por las escaleras.

Mamá, papá y mi hermanita bebé,
Flor de Miel, estaban esperándome en
la cocina. La mesa estaba puesta para
el desayuno y había un regalo rosa delante
de mi sitio, atado con un brillante lazo.

—¡Felicidades, Isadora! —gritaron mamá y papá a la vez.

Ambos estaban sentados a la mesa, sonriendo. Mamá tenía delante un cuenco con yogur de néctar de flores y frutos del bosque, y papá ya había empezado a beber su zumo rojo. A los vampiros les encanta el zumo rojo. Flor de Miel estaba sentada en su trona, sacudiendo en el aire alegremente su biberón de leche rosa.

Me senté a la mesa.

—¿Puedo abrir mi regalo? —pregunté nerviosa.

—¡Por supuesto! —respondió mamá—. Solo tienes uno porque este año es un regalo muy muy especial.

Acerqué las manos hacia él. Estaba
a punto de cogerlo y de romper el papel
cuando…

¡DING, DONG!

Mamá me quitó rápidamente el regalo
de las manos y se puso en pie de un salto.

—¡Debe de ser el primo Wilbur!
—dijo—. Ha llegado muy pronto.
No podemos dejar que vea el regalo
de Isadora. Le daría mucha envidia.

Metió mi regalo en el armario de debajo
del fregadero y fue corriendo a la puerta.

—Tendrás que abrirlo más tarde
—dijo papá, un poco desilusionado.

El primo Wilbur entró en la habitación.
Llevaba una larga capa negra con estrellas

plateadas y un gorro puntiagudo en la
cabeza. Wilbur es un mago. Bueno, casi un
mago. Es un aprendiz de mago y también
un mandón sabelotodo. Cree que lo sabe
todo porque es mayor que yo.

—Felicidades, Isadora —dijo. Después
infló el pecho y levantó la nariz con aire
engreído—. Soy el mago de tu cumpleaños
—explicó—: Wilbur el Grande.

—Pero… —empecé a decir.

—Tengo en la manga unos trucos magníficos —continuó Wilbur—. Tus amigos se van a quedar impresionadísimos.

—Eres muy amable por venir a echarnos una mano en la fiesta de Isadora —comentó mamá.

—Sí, ¿verdad? —dijo Wilbur dándole la razón.

Fruncí el ceño.

—Wilbur es un mago de verdad —dije—. Se supone que el mago solo debe hacer magia de mentira.

Mamá, papá y Wilbur parecían desconcertados.

—Pues… qué tontería —dijo Wilbur, soltando un bufido—. ¿Puede hacer esto un mago humano?

Se quitó el gorro y lo sostuvo delante de él. Después dijo una palabra larga y complicada, y entonces metió la mano en el gorro y…

—¡ARRGGGH! —gritó—. ¡QUITÁDMELO!

De la punta del dedo de Wilbur, sujeto solo por los dientes, colgaba un conejo blanco. Wilbur empezó a sacudir el brazo, haciendo que diera vueltas y vueltas.

—¡QUITÁDMELO!

Pinky se tapó los ojos con las patas y Flor de Miel empezó a llorar.

Mamá cogió su varita de la mesa
del desayuno y la movió en el aire.
El conejo blanco desapareció
inmediatamente.

Wilbur siguió sacudiendo el brazo y dando gritos un rato antes de darse cuenta de que el conejo había desaparecido. Se puso coloradísimo. Tan colorado como su dedo dolorido.

—Ejem… Debería ensayar más ese truco.

—Sí, sería buena idea —intervino rápidamente papá—. ¿Por qué no te vas a ensayar un poco antes de que lleguen los invitados?

—Ya no falta mucho para que vengan —dijo mamá mirando el reloj—. Hemos preparado tantas cosas que les pedimos a todos que vinieran pronto. Isadora, más vale que vayas ya ¡a ponerte tu disfraz!

Estaba tan entusiasmada que sentía como si tuviera mariposas revoloteando por el estómago. ¡Mi fiesta estaba a punto de empezar! Agarré a Pinky por la pata y subimos corriendo las escaleras para cambiarnos. Mientras me ponía el disfraz, empecé a sentirme un poquito nerviosa. ¿Pensarían mis amigos que mi familia era demasiado rara? Ninguno de ellos había conocido de verdad a mis padres hasta entonces. ¿Y qué pensarían del primo Wilbur? Ojalá no se portara como un chulo ese día…

—¡Estás *vamp-tástica!* —dijo papá cuando bajé las escaleras con mi disfraz—. ¡Eres igual que un murciélago!

Me encantaba mi disfraz. Papá me
había ayudado a hacerlo la noche anterior.
Tenía una diadema con orejas de terciopelo
negro, un vestido negro con picos y hasta
unos zapatos negros de murciélago con
forma de garras. Hice unas cuantas piruetas
por el recibidor hasta que…

¡DING, DONG!

¡Había llegado el primer invitado! Era Zoe. Estaba con su madre en el umbral de la puerta, disfrazada de gato negro.

—¡Feliz cumpleaños, Isadora! —dijo dándome un paquete envuelto con un gran lazo rosa.

—¡Gracias, Zoe! —respondí,
sintiéndome de golpe tan contenta que
podía explotar de la alegría.

La mamá de Zoe echó un vistazo con curiosidad por el recibidor.

—Veo que tus padres también se han disfrazado, Isadora —dijo—. ¡Qué divertido! Qué disfraz tan precioso lleva tu madre. ¡Las alas parecen de verdad! ¡Y qué bien han decorado la casa! La lámpara de murciélagos es un detalle muy bueno para la fiesta.

—No es solo para la fiesta… —comencé a explicar, pero la madre de Zoe miró su reloj.

—Tengo que irme —dijo—. ¡Volveré a recogerte luego, Zoe! —le dio a su hija un beso rápido en la mejilla y bajó a toda velocidad por el sendero del jardín.

Oliver fue el siguiente en llegar. Iba vestido de vampiro.

—¡Maravilloso! —dijo papá cuando vio el disfraz de Oliver—. ¡No sabía que habías invitado a vampiros, Isadora!

—No es realmente… —empecé a decir.

—Será mejor que vaya a buscar un zumo rojo para él —dijo papá, yéndose al frigorífico precipitadamente.

El timbre de la puerta volvió a sonar y mamá abrió. La tímida Samantha estaba en el escalón, disfrazada de hada.

—¡Ooooh! —mamá soltó un gritito—. ¡No me había enterado de que habías invitado a hadas, Isadora! ¡Qué maravilla! ¡Podremos hablar un montón sobre naturaleza! —tomó la mano de Samantha y la llevó a la cocina.

Cuando llegaron todos mis amigos, fuimos al gran salón. Mamá y papá lo habían decorado muy bien, con estrellas de plata colgando del techo y globos de color rosa y negro por todo el suelo.

Mis amigos se quedaron con la boca abierta. Algunos se pusieron a dar vueltas por la habitación, jugando con los globos. Parecían muy contentos.

«Quizá, después de todo, mi fiesta sea tan divertida como las de los humanos», pensé.

Capítulo TRES

—¡Ha llegado el momento de jugar
al paquete viajero! —anunció papá, que se
había puesto elegantes gafas de sol para
protegerse los ojos de la luz matutina.
Todavía era muy pronto para que él
estuviera despierto. Los vampiros
normalmente duermen durante el día—.

Conocéis las reglas, ¿verdad? —gritó—.
Pero ¡claro que sí! ¡Si sois humanos!

Entonces, papá sacó un gran paquete
que tenía escondido a su espalda.

—¡Todos en círculo, por favor! —dijo.

Mis amigos y yo nos repartimos por
el suelo haciendo un círculo y papá le
dio el paquete a uno de los niños.

—Aquí tienes —dijo—. Pásalo.

Todos empezamos a pasar el paquete por el corro. Pero faltaba algo.

—¡Música! —le dije a papá en voz baja—. ¡Necesitamos música!

—¡Música! —le dijo papá a mamá.

Mamá abrió la boca y empezó a cantar una canción de hadas que sonaba

como un tintineo de cascabeles. Sentí que me ponía roja de vergüenza. Algunos de mis amigos empezaron a reírse.

—¡Eso es! —dijo papá—. Pasadlo por el corro. ¡Que dé vueltas y vueltas!

El paquete dio vueltas y vueltas por el círculo. ¡Y más vueltas! Empecé a preguntarme cuándo iba a parar de cantar mamá. Estaba ya a punto de susurrarle algo a papá cuando de pronto hubo una tremenda explosión.

—¡SORPRESA! —gritó papá mientras el paquete explotaba entre las manos de Oliver. De su interior salieron fuegos artificiales disparados por el aire. Un centelleo de chispas rosas y estrellas

brillantes subían como burbujas y se
arremolinaban por la habitación.

—¡Oh, no! —le dije a Pinky.

Pero a mis amigos no parecía importarles. Es más, parecía que les gustaba. Se habían levantado y bailaban con la canción de mamá bajo la lluvia de chispas.

—¡Son tan bonitas…! —murmuró Zoe mientras intentaba atrapar una estrella fugaz.

—¡Es mágico! —gritó Sashi.

Todos bailaron hasta que las estrellas dejaron de caer y mamá paró de cantar.

—¡Es la hora del mago! —anunció papá, mientras le abría la puerta a Wilbur.

Este pasó rápidamente, sacudiendo en el aire su capa de estrellas.

—Para ser exactos, es la hora de
Wilbur el Grande —le corrigió Wilbur—.
Sentaos todos —nos ordenó—. Hoy voy a
haceros un truco maravilloso. ¿Quién quiere
que lo convierta en una caja llena de ranas?

Solté un quejido. Un niño de mi clase
llamado Bruno levantó la mano y Wilbur
le hizo un gesto para que se acercara y
se pusiera delante de todos.

Wilbur se remangó, cerró los ojos e infló el pecho dándose importancia. Después señaló a Bruno con el dedo.

—¡*Alikazambanana!* —dijo.

Hubo un fuerte BANG y una nube de humo rosa.

Bruno desapareció y en su lugar quedó una enorme caja de cartón. En su interior se oía croar ruidosamente.

—¡GUAU! —exclamaron todos mis amigos—. ¡ES INCREÍBLE!

—¡Es como la magia de verdad! —dijo Oliver.

Todos contemplamos cómo empezaban a saltar las ranas

fuera de la caja.

Wilbur parecía muy

satisfecho de sí mismo.

—¡Miradlas! —chilló

Zoe mientras las ranas se alejaban dando

saltos por la habitación.

—¡Puaj! —dijo Samantha—. No me

gustan nada las ranas viscosas.

—¿Qué hacemos ahora?

—preguntó Wilbur—.

¿Quién quiere ver cómo

saco un conejo de mi

gorro?

Aplaudieron todos

menos Pinky, que parecía muy preocupado.

Wilbur se puso un guante grueso.

—Por si acaso muerde —explicó guiñando un ojo y provocando risas.

—Wilbur —le dije preocupada—. ¿Y Bruno qué?

—¿Qué pasa con Bruno? —preguntó, metiendo en el gorro su mano enguantada.

—¿No deberías hacer que vuelva ya? —pregunté.

Wilbur parecía sorprendido.

—Oh —dijo—. Pues… sí, supongo que sí.

Sacó la mano del gorro sosteniendo una rata blanca y peluda.

—¡Eso no es un conejo! —gritó Oliver riéndose—. ¡Es una rata!

Todos mis amigos se partían de risa.

Wilbur les parecía divertidísimo.

—Vaya —dijo Wilbur, decepcionado—.
Es verdad.

—¡WILBUR! —grité—.
Tienes que transformar a
Bruno en un niño otra vez.

—De acuerdo —respondió,
molesto—. Pero tendréis que cazar las
ranas. Si os olvidáis alguna, Bruno puede
aparecer sin una oreja u otra cosa.

Mis amigos y yo nos pusimos a
buscar ranas.

—¡No podemos devolver a
Bruno a su casa solo con una
oreja! —me quejé.

—¡Dejad que os ayude!
—dijo mamá levantando su
varita en el aire. Pero
Wilbur no quería ninguna ayuda.

—No, no —repuso—. ¡Puedo hacerlo solo!

Por fin conseguimos recoger todas las ranas y meterlas en la caja. Miramos a Wilbur con expectación. Parecía un poco nervioso.

—No me miréis todos —nos ordenó—. Me desconcentra.

Wilbur se giró para darnos la espalda y sacudió los brazos de un lado a otro durante un rato. Nos quedamos esperando. Hubo unas cuantas explosiones y un montón de humo, pero al final apareció Bruno.

—¡Croac! —dijo.

—¡Ups! Un momento… —dijo Wilbur. Sacudió las manos otra vez y dijo más palabras mágicas.

Bruno parpadeó, desconcertado, pero en esta ocasión, cuando abrió la boca, en vez de croar, habló.

—¡Ha sido genial! —exclamó.

Solté un suspiro de alivio.

—¡Menos mal! —dijo papá entrando velozmente en la habitación—. Creo que ha llegado el momento del siguiente juego.

—Pero no he terminado mi espectáculo, tío Bartolomeo —protestó Wilbur enfadado.

—Yo creo que sí —repuso papá con firmeza—. Creo que ahora vamos a ir al castillo hinchable.

Sentí que se me levantaba el ánimo. ¡Un castillo hinchable! Ahí seguro que nada podía salir mal. Aún había tiempo de que la mía fuera una fiesta humana como es debido.

Capítulo CUATRO

Todos seguimos a mis padres hasta el jardín trasero. Entonces mamá apuntó al cielo con su varita. Un hilo plateado salió de su punta y enlazó una de las nubes gordas y esponjosas que había en el cielo. Mamá tiró de ella cuidadosamente hacia el suelo y la clavó en la hierba.

—Las nubes pueden ser maravillosos castillos hinchables —les dijo a todos—. Son mucho más mullidas y elásticas.

Fruncí el ceño. Tendría que haber sabido que un castillo hinchable humano era demasiado pedir.

Pero a mis amigos no parecía importarles. Todos ponían cara de asombro y entusiasmo. Tenían los ojos grandes como platos.

—Ya podéis subiros —dijo mamá—.
¡Todos a saltar! Papá y yo vamos adentro
a poner las velas en la tarta de
cumpleaños.

Zoe fue la primera en quitarse los
zapatos y saltar dentro de la nube.

—¡Es blandísima! —gritó mientras daba brincos—. ¡Qué alta estoy!

Enseguida todos mis amigos se subieron a la nube, dando saltos y riendo. Parecía que nada podía salir mal esta vez, así que decidí unirme a ellos. Me quité los zapatos y me monté en la nube de un salto.

—¡Bieeeen! —grité.

De pronto, me sentí muy feliz. Todos se lo estaban pasando genial. ¡Incluso

Samantha! ¡Era tan divertido como una fiesta humana!

—¡Es igual que volar! —gritó Oliver.

Mientras saltábamos cada vez más alto, y reíamos y gritábamos, vi que Wilbur salía de la casa y entraba en el jardín. Caminó hasta la nube y se quedó mirándonos.

—¿Queréis que la haga todavía más blanda? —preguntó—. Ya que no pude terminar mi espectáculo, podría hacer más magia ahora para vosotros.

—¡Sí! —gritaron mis amigos—. ¡Haz más magia, por favor!

Dejé de dar saltos y bajé rápidamente de la nube a la hierba.

—No me parece una buena idea, Wilbur… —empecé a decirle.

—¿Y por qué no? —repuso él—. Será mucho más divertido si es más blanda. Venga, déjame hacer más magia.

Se subió las mangas y sacudió los brazos en el aire.

—¡PATAPLUMMMSKA! —dijo, echando por los dedos una lluvia de chispas.

La nube tembló ligeramente y mis amigos empezaron a saltar más y más alto en el cielo.

—¡Hala! —gritó Bruno—. ¡Es fantástico! ¡De verdad es más blanda! ¡Miradme!

—¿Lo ves? —me dijo Wilbur—. ¡Es mucho más divertido! —se cruzó de brazos

y bajó la vista hacia mí—. Deberías
tomártelo con más calma, Isadora —añadió.

Pero yo no podía tomármelo con
calma. Algo fallaba. La nube se estremecía
y temblaba. No podía aguantar tal
cantidad de saltos.

—¡Todos abajo! —grité asustada
cuando la nube empezó a desclavarse del
suelo. Pero nadie me escuchó. Se lo estaban

pasando en grande. Tiré de la manga de
Wilbur.

—¡Mira! —le dije—. ¡Está a punto
de salir volando!

—¡No va a salir volando! —replicó
Wilbur, con cara de estar harto.

—¡Sí lo va a hacer! —insistí,
señalando los hilos clavados en la hierba.
Uno a uno empezaron a salir del suelo
y lentamente la nube empezó a elevarse
en el aire.

—Oh, oh… —dijo Wilbur,
contemplándola con horror—. Vaya.

—¡Te lo dije! —le reproché enfadada.

Miramos cómo la nube subía flotando
cada vez más alto.

—¡Haz algo! —le dije.

—¡No puedo bajar una nube del cielo!
—repuso Wilbur—. Hasta el próximo
trimestre no me enseñarán a hacer eso en
la Escuela de Magos.

—Iré a buscar a mamá. ¡Tú quédate
aquí y no te muevas! —grité.

Corrí hasta la cocina, donde papá
estaba poniendo las últimas velas en una
tarta gigante.

—¡Pero bueno, Isadora! ¡Todavía no
puedes ver tu tarta! —dijo.

—¡Es una emergencia! —me
excusé—. ¿Dónde está mamá?

—Ha tenido que subir un momento al piso de arriba —respondió—. Flor de Miel estaba llorando y necesitaba su leche rosa.

—¡Oh, no! ¡Oh, no! —gemí.

—¿Qué ha pasado? —preguntó papá.

Iba a ponerme a explicárselo cuando, de pronto, vi encima de la mesa de la cocina justo aquello que necesitaba: la varita de mamá. La cogí y salí corriendo afuera. Wilbur se encontraba todavía donde lo había dejado, mirando al cielo.

—Ahí está —me dijo, señalando una manchita en la distancia, diminuta y lejana. No había tiempo que perder. Batí las alas y me elevé en el aire.

Volé lo más rápido que pude, más
rápido que en toda mi vida, pero aun así
tardé mucho tiempo en alcanzar la nube.
Por fin me acerqué lo bastante como para oír
las voces de mis amigos. Ya habían dejado
de saltar. Estaban sentados, muy quietos,
y parecían asustadísimos. Algunos estaban

tumbados boca abajo, asomados para ver por el borde. Con los ojos desorbitados contemplaban la tierra, kilómetros y kilómetros más abajo. Pinky se tapaba la cara con las patas.

—¡Isadora! —exclamó Zoe cuando aterricé suavemente en la nube y me senté

para recuperar el aliento—. ¡Pensábamos que no ibas a llegar nunca!

—¡Creíamos que estábamos perdidos aquí en el cielo para siempre! —dijo Oliver.

Pinky saltó encima de mí y se agarró a una de mis piernas.

—Lo siento —dije—. Ha sido mi primo Wilbur. No tendría que haber hecho magia en la nube.

—Pero ahora que estás aquí ya estamos a salvo, ¿no? —preguntó Samantha.

Yo no estaba tan segura (soy medio hada, medio vampiro, y las varitas mágicas no son mi punto fuerte), pero conseguí sonreír como si fuera completamente normal estar atrapado encima de una nube en medio del cielo.

—Claro —le dije—. No te preocupes. Encontraré la forma de bajar. Tengo la varita mágica de mi madre —la levanté en el aire y la estrella rosa resplandeció a la luz del sol.

—¡Genial! —dijo Oliver—. ¡Estamos salvados!

Al cerrar los ojos me puse nerviosa. No sabía si iba a poder hacer que la nube y mis amigos bajaran al suelo, pero tenía que intentarlo.

Imaginé que la nube flotaba suavemente hacia la tierra. Después sacudí la varita y abrí los ojos.

No había pasado nada.

«Ay, ay, ay…», pensé preocupada.

Cerré los ojos para intentarlo otra vez.

Me concentré en la nube con más fuerza

esta vez. Imaginé que se hundía, se hundía,

se hundía… Sacudí la varita lo más

fuertemente que pude.

Pero cuando volví a abrir los ojos, tampoco había pasado nada.

—Ay, ay, ay… —dije en voz alta esta vez.

—¿Qué ocurre? —preguntó Samantha con vocecilla asustada.

—No sé si puedo hacerlo —dije con sinceridad—. Esto es magia de la grande. En realidad, yo solo sé hacer pedacitos de magia con la varita. Y… no siempre consigo que mis hechizos salgan bien.

Recordé aquella vez en la Escuela de Hadas cuando intenté que apareciera una tarta de zanahoria pero lo único que logré crear fue una zanahoria con alas de murciélago que revoloteó por la habitación provocando el caos.

—Ay, ay, ay… —repitió Samantha, con tono asustado—. ¿Cómo conseguiremos bajar?

—Tenemos que pensar en otra forma de hacerlo —dijo Zoe—. Tiene que haber otra manera.

Samantha cerró los ojos con fuerza como si estuviera pensando mucho. Cuando los volvió a abrir, parecía menos asustada.

—¿Sabéis lo que me dice mi madre siempre? —nos preguntó—. Dice que a veces son los detalles pequeños los que cambian las cosas. Así que a lo mejor solo hace falta un pedacito de magia para sacarnos de este gran desastre. ¡Tenemos que pensar en un hechizo que sí puedas hacer!

Señaló las alas de su disfraz de hada.

—¿Podrías hacer que fueran de verdad? —me preguntó.

Miré las alas. Eran muy pequeñas en comparación con la nube.

—Puedo intentarlo —respondí.

Samantha miró a su alrededor a todos nuestros amigos, sentados en la nube con

sus disfraces puestos. Señaló a Bruno, que estaba disfrazado de dragón.

—¿Crees que con tu magia podrías hacer que las alas de dragón de Bruno fueran también de verdad? —preguntó.

Contemplé las dos alas de tela cosidas a la espalda del disfraz de Bruno.

—¡A lo mejor! —dije, animándome—. ¡Sí, creo que podría hacerlo!

—Pues entonces tengo una idea —dijo Samantha—. Mira cuántos de nosotros tenemos alas en los disfraces. Bruno tiene alas de dragón, yo tengo alas de hada, Sashi tiene alas de mariposa, Oliver lleva capa y tú, por supuesto, ¡tienes alas de verdad! Si pudieras dar

vida a todas nuestras alas, entonces
la mitad de nosotros podríamos volar…

—¡Y podríamos ayudar a los demás
a volver volando a mi jardín! —dije—.
¡Samantha, eres brillante! —le di un
gran abrazo y la cara se le puso tan
rosa como el pelo de mamá—. ¡Vamos
a intentarlo! —añadí.

Empezamos con Bruno. Apunté con
la varita de mamá a sus pequeñas alas de
dragón y las imaginé aleteando con vida.

Al principio no funcionó. Las alas
solo cambiaron de color y luego se
llenaron de lunares, pero, después de unos
cuantos intentos,
dieron una pequeña
sacudida y
empezaron a batir,
animadas. Bruno se
elevó inmediatamente en
el aire.

—¡Guau! —gritó—.
¡Miradme!

Después lo intenté con
las alas de hada de Samantha.
Solo necesité dos intentos para
que empezaran a batir.

—¡Ahhh…! —Samantha soltó un gritito mientras subía.

—¡Está funcionando! —chilló Zoe entusiasmada, aunque me di cuenta de que estaba un poco celosa por no haber elegido un disfraz con alas.

Yo ya le había cogido el truco a la varita y los dos últimos hechizos fueron fáciles. Oliver y Sashi subieron por el aire, dando gritos de emoción.

—Venga, atención —dije—: ahora tenemos que ayudar a los demás. Los que pueden volar tienen que dar la mano a los que no pueden.

Con una mano tomé la de Zoe y, con la otra, cogí la pata de Pinky. Pronto todos estábamos volando por el aire.

—Debemos mantenernos muy juntos —les dije.

—¡Tengo miedo! —gritó Samantha, mirando hacia la tierra, temerosa.

Se veía muy lejos. La casa y los árboles parecían diminutos, como los de una maqueta.

—No te asustes, Samantha —la
tranquilicé—. ¡Volar es muy divertido!

—¡Sí que lo es! —coincidió Bruno—.
¡Ojalá pudiera volar todo el rato!

—¡Me ENCANTA volar! —gritó Oliver.

Juntos salimos aleteando de la nube.
Ya no había nada a nuestros pies. Solo aire.
Yo, por supuesto, estoy acostumbrada a
eso, pero mis amigos no.

—¡Ayyyy! —chilló Samantha.

—¡Halaaa! —dijo Oliver.

Señalé una mancha rosa y negra que había en la distancia.

—¡Mirad! —dije—. ¡Esa es mi casa! Ahí es donde tenemos que ir. ¡Seguidme!

Volé a la cabeza del grupo con Zoe y Pinky. *Tap, tap, tap,* sonaban mis alitas de murciélago.

—Puedo ver nuestro colegio —dijo Zoe—. ¡Y mirad! ¡Ahí está el parque! Todo se ve muy distinto desde aquí arriba.

—¡Qué pequeño parece! —exclamó Sashi.

Ya nos estábamos acercando a mi casa. Podía divisar la ventana de mi cuarto en la torre. En el jardín había tres puntos que se movían: mamá, papá y Wilbur. Estaban sacudiendo los brazos. De pronto, dos de ellos salieron disparados por el aire y volaron hacia nosotros.

—¡Oh, cielos! —dijo mamá cuando nos alcanzó—. ¡Estábamos muy preocupados!

—Muchísimo —añadió papá—. No sabíamos adónde se había ido la nube.

Cuando salimos al jardín, ¡ya había desaparecido!

—¡Desaparecido completamente! —dijo mamá—. ¡Ay, me alegro tanto de que estéis bien!

Pasamos volando sobre la reja del jardín y aterrizamos suavemente en la hierba.

—Wilbur nos ha explicado lo que pasó —dijo papá, lanzándole una mirada severa—. Has sido muy valiente por ir a rescatar a tus amigos, Isadora.

—No los he rescatado yo sola —dije—. Me ha ayudado Samantha. De no ser por su brillante idea, aún seguiríamos atrapados en la nube. Ha sido Samantha la que nos ha salvado.

—Entonces —dijo mamá—: ¡Gracias, Samantha! ¡Tres hurras por ella!

Todos la vitorearon y a Samantha se le puso la cara rosa otra vez. Pero me di cuenta de que estaba contenta y orgullosa.

—Igual no fue una buena idea utilizar una nube como castillo hinchable —dijo

mamá—. Me dejé llevar. Lo siento.
Debería haber pedido que me trajeran un
castillo hinchable normal. Lo haré la
próxima vez.

—¡NO! —gritaron todos mis amigos.

—La nube era mucho más divertida
—añadió Sashi.

—Intentaremos hacerlo todo más
normal de ahora en adelante —dijo
papá—. Esta fiesta ha sido bastante
estresante para ti, Isadora.

—¡NO! —volvieron a gritar mis
amigos.

—Por favor, no cambiéis —suplicó
Zoe—. Os queremos a ti y a tu familia tal
y como sois, Isadora.

—¡Sí! —exclamó Oliver—. Nos encanta que tu familia sea diferente.

—¡Sigue siendo tú! —dijo Bruno.

Los miré a todos y noté como me crecía en la cara una gran sonrisa. No podía evitarlo, ¡me sentía tan feliz! Hasta sonreí al primo Wilbur.

—¿En serio? —pregunté—. ¿No os importa que nos hayamos quedado atrapados en una nube en medio del cielo?

—¡Ha sido mucho más divertido que un castillo hinchable normal! —dijo Oliver.

—Aunque ahora tengo un poco de hambre —añadió Bruno.

—¡Entonces es que debe de ser la hora de la tarta! —dijo papá.

Capítulo CINCO

Seguimos a papá adentro de casa, hasta la cocina. Una tarta gigantesca estaba en medio de la mesa, toda decorada con estrellas y murciélagos. En la crema que la recubría había cientos de velas.

—¡Qué cantidad de velas! —exclamó Samantha.

—En las fiestas de hadas y vampiros es así —explicó papá muy orgulloso.

Papá y mamá bajaron la mirada hacia mí, me sonrieron y entonces todos empezaron a cantar:

«¡Cumpleaaaños feliz! ¡Cumpleaaaños feliz! ¡Te deseamos, Isadoooraaa...!»

Me esforcé por soplar todas las velas. Me llevó mucho tiempo, y al final todos tuvieron que ayudarme.

Papá empezó a cortar la tarta.

—Esta capa roja de arriba es especial para vampiros —le pasó un trozo a Oliver.

—La segunda capa es para hadas —dijo mamá—. Lleva pétalos de flores y cambia de sabor con cada bocado que das.

Cortó un trozo de esta capa y se la dio a Samantha.

—El resto es tarta normal de seres humanos —dijo papá—. ¿Quién quiere un trozo?

Todos levantaron la mano, pero ninguno quería tomar el bizcocho normal. Querían un trozo de la tarta de hadas o de la de vampiros.

—¡Está riquísima! —dijo Oliver.

—Mejor que la ayudes a bajar al estómago con un poco de zumo rojo —dijo papá, pasándole uno que sacó de la nevera.

—¡Ha sido la fiesta más emocionante del mundo! —dijo Zoe muy contenta.

—Qué pena que se esté terminando —añadió Samantha.

—Bueno, no os podéis ir sin vuestras bolsas de cumpleaños —dijo papá, corriendo a buscarlas. Volvió y le dio una a cada uno de mis amigos.

—¡Ohhh! —exclamó Sashi sacando algo de su bolsa—. ¿Qué es esto?

—Es un paquete de semillas —dijo mamá—. Para que plantes tus propias flores. La naturaleza es muy importante.

—También hay más tarta dentro —añadió papá—, envuelta en una servilleta de papel, como tiene que ser.

—¡A mí me ha tocado un bote de fijador para el pelo! —gritó Bruno.

—¡A mí una corona de flores! —dijo
Samantha.

—¡Yo en la mía tengo pasta de
dientes! —dijo Oliver, perplejo.

—Es una pasta especial —dijo
papá—: hace que tus colmillos de
vampiro estén bonitos y limpios. ¡Muy
importante!

Oliver parecía sorprendido.

—Pero ¡mis colmillos de vampiro son de mentira! —dijo. Se llevó la mano a la boca y sacó un par de colmillos de plástico. A papá casi se le salieron los ojos de las órbitas.

—¿Qué… qué…? —tartamudeó.

—Los compré en la tienda de disfraces —explicó Oliver—. Solo cuestan cincuenta céntimos.

—¡Cincuenta céntimos! —dijo papá resoplando—. ¡Qué descaro!

Aún se estaba recuperando del susto cuando empezó a sonar el timbre de la puerta. Había llegado la hora de que mis amigos volvieran a casa.

Zoe fue la última en marcharse.

—Adiós, Isadora —dijo, dándome un cariñoso abrazo—. ¡Gracias por esta maravillosa fiesta!

—¡Gracias a ti por venir! —respondí yo, de corazón.

—¡Uf! —suspiró papá, apoyándose en la puerta en cuanto Zoe desapareció por el camino del jardín con su madre—. ¡Estoy hecho polvo!

—Yo también —dijo mamá.

Wilbur entró sigilosamente en el recibidor.

—Tío Bartolomeo, tía Cordelia: yo también me voy ya.

—Ah, Wilbur —dijo papá—. Se me había olvidado que todavía estabas aquí. Gracias por tu… ayuda.

Wilbur parecía un poco avergonzado, manoseando su gorro estrellado de mago.

—Ejem… —dijo—. Está bien.

Entonces me miró a mí.

—Lo siento, Isadora —añadió bruscamente—. Tendría que haberte escuchado más hoy.

Después se marchó con rapidez por la puerta principal antes de que yo pudiera decir nada. No me lo podía creer. ¡Wilbur me había pedido perdón!

Estaba todavía un poco aturdida cuando seguí a mis padres hasta la cocina para desenvolver mi regalo. Mamá abrió el armario de debajo el fregadero y sacó el paquete de antes. Todos nos sentamos alrededor de la mesa.

—Es un regalo muy especial —dijo mamá mientras me lo daba.

—Pero hoy nos has demostrado que eres ya mayor para usarlo —sonrió papá.

Empecé a desenvolver emocionada aquel paquete largo y delgado. ¿Qué podía ser?

—Una…¡¡¡VARITA!!! —grité, saltando de la silla—. ¡Mi propia varita! ¡Gracias, gracias! —dije bailando alrededor de la cocina y sacudiéndola para que la estrella soltara chispas—. ¡Es el mejor regalo del mundo!

Papá sonrió y rodeó a mamá con un brazo. Mamá bostezó y  apoyó la cabeza en papá. Ambos cerraron los ojos.

—Qué bien que te guste —murmuraron soñolientos.

Pinky y yo cogimos otro trozo de tarta y fuimos paseando hacia el gran salón por nuestra cuenta. Iba sacudiendo mi varita nueva a mi alrededor, probando a usarla en cosas pequeñas. Cambié los colores de los globos e hice que uno de ellos diera una pirueta en el aire.

Después me senté junto al montón de regalos de mis amigos.

—En general, ha sido una fiesta muy divertida, ¿verdad? —dije chupándome los restos de crema de los dedos.

Pinky asintió.

—Bueno, tuvo sus momentos difíciles… —continué—, pero creo que todo salió bien al final. Me parece que a mis amigos les gustó. ¿Tú qué crees?

Pinky volvió a asentir y se acurrucó contra mí.

—Qué buenos han sido mamá y papá organizándome esta fiesta tan bonita —dije—. Me alegro de que sean tal y como son. Si fueran distintos, ¡yo no sería yo! Y la verdad es que me encanta ser un hada vampiro.

Puse el primer regalo sobre mis piernas y empecé a desenvolverlo.

—También me alegro de que mis amigos sean como son —continué—. Ellos también son muy especiales.

Pinky sonrió adormilado y bostezó.

—He tenido un gran cumpleaños. Pero, aun así… ¡creo que organizaré yo misma mi propia fiesta el año que viene!

A Isadora le encanta disfrazarse.
¿Cuál es tu disfraz favorito?

Bailarina

Sirena

Dinosaurio

Helado

Princesa

Bruja

¿Eres más hada o más vampiro?

¡Haz el test para descubrirlo!

¿Cuál es tu color favorito?

A. Rosa   **B.** Negro   **C.** ¡Me gustan los dos!

¿Adónde preferirías ir?

A. A un colegio lleno de purpurina que enseñe magia, ballet y cómo hacer coronas de flores.

B. A un colegio escalofriante que enseñe a planear por el cielo, a adiestrar murciélagos y cómo tener el pelo lo más brillante posible.

C. A un colegio donde todo el mundo pueda ser totalmente diferente e interesante.

Si vas de acampada en vacaciones...

A. ¿Montarías tu tienda con un gesto de tu varita mágica y te marcharías a explorar?

B. ¿Abrirías tu cama plegable con dosel y evitarías la luz del sol?

C. ¿Irías a chapotear al mar y te lo pasarías genial?

Resultados

Mayoría de respuestas A:

¡Eres una brillante hada bailarina y te encanta
la naturaleza!

Mayoría de respuestas B:

¡Eres un elegante vampiro con capa
y te encanta la noche!

Mayoría de respuestas C:

Eres mitad hada, mitad vampiro y totalmente única,
¡igual que Isadora Moon!

Harriet Muncaster

Harriet Muncaster: ¡esa soy yo!
Soy la escritora e ilustradora de
Isadora Moon. ¡Sí, en serio!
Me encanta todo lo pequeñito,
todo lo que tenga estrellas
y cualquier cosa que brille.

¿Te gustan las historias de Isadora Moon?

Isadora Moon va al colegio

A Isadora le encantan la noche, los murciélagos y su tutú negro de ballet, pero también la luz del sol, las varitas mágicas y su conejo rosa Pinky. Cuando llega el momento de empezar el cole, Isadora no sabe a cuál debe ir: ¿al de hadas o al de vampiros?

Isadora Moon va de excursión

Isadora y su familia se van a acampar junto al mar. Dormir en una tienda de campaña, encender una hoguera, hacerse amiga de una sirena... ¡todo es especial cuando está Isadora!

Isadora Moon va al ballet

A Isadora le gusta el ballet, especialmente cuando se pone su tutú negro, y está deseando ver una actuación de verdad en el teatro con toda su clase. Pero, cuando se abre el telón, ¿dónde está Pinky?

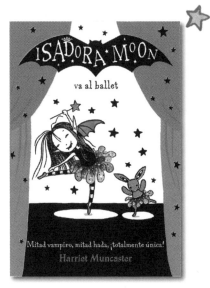

Isadora Moon celebra su cumpleaños

A Isadora le encanta ir a las fiestas de cumpleaños de sus amigos humanos, ¡y ahora va a tener la suya! Pero con mamá y papá organizándola, no va ser como las fiestas que ella conoce...

Isadora Moon en el castillo encantado

La clase de Isadora tiene una
excursión ¡a un castillo encantado!
Todos están muertos de miedo...
¿Y si encuentran un fantasma?
Isadora les enseñará que hay cosas
que no asustan tanto cuando
las conoces.

Isadora Moon se mete en un lío

Cuando llega el día de «Trae tu
mascota al colegio», Isadora quiere
llevar a Pinky, pero su prima mayor
Mirabelle tiene un plan mejor...
¿Por qué no llevar un dragón?
¿Qué podría salir mal?